生

的

纬

度

活

*Dimension of life*

丛　辉｜Monica

方小萍｜Susan

周晓佳｜Gyoka.Syu

著〕

上海文化出版社

序　言

# 序 言

董 盛

Michelle.D

摄影是什么？她们有多种答案。摄影人是城市中的游走者，她们具有与生俱来的猎奇心态。她们不仅仅在记录，更像是探索。城市中的每一缕光束、每一个角落、每一种人群，都有着自己独特的轨迹。游走在城市中的摄影人，是故事的编织者，用影像书写着无言的瞬间。她们用镜头，感受城市钢筋水泥里的情感脉络与精神联动。

摄影，存在于此时与彼时之间，是用光影穿梭时光，定格瞬间。摄影让我们的儿时记忆和世界得以连接，自行车铃铛声，爆米花声，磨剪刀声……这些深深印在我们脑海里的记忆，随着我们的成长，反而愈发清晰。于是，摄影成为了与过去、与自我情感对话的媒介。摄影，也可以是美食与镜头的相遇。每次按下快门，都是对食物的敬畏与赞美。摄影人的镜头背后不仅记录食物本身的蜕变，如一颗菜从泥土中生长到餐盘中的蜕变；一条鱼从水中跃出至厨房烹调……摄影人试图展现食物的生命，将它从短暂存在，转化为永恒的艺术。在此过程中，她们重新发现不同美食背后蕴含的美学与文化，让美食成为一种视觉表达，一种文化象征。

关于摄影的多重答案，正指向生活的多维度。而于我而言，是一场光影交织的旅程，也是人与人之间默契的表达。我从未想到，一次偶然的相识，会让我开启一段与方小萍女士、赵辉女士、Gyoka.Syu 女士关于摄影、文化与艺术的深刻交流。她们来自不同工作领域，分享着截然不同的人生经验。我会品评她们的作品，在教学过程中，我也从她们的作品中，阅读到了每一张照片背后的故事与文化符号。

这本书，便是我与她们共同摄影旅程的总结。每一个章节，都凝聚了她们对摄影的热情，对文化的思考，对艺术的共同追求。愿这本书能带给大家摄影上的启迪与思考，也愿这些影像与文字，让大家感受到我们之间,跨越年龄与文化的深厚情谊。摄影的魅力不仅在于它定格瞬间的能力，更在于它能够连接人与人，打破文化的藩篱，创造出更为广阔与丰富的世界。

# 日常的细节

赵　辉

Monica

这里，是那些藏匿于日常缝隙中的微小瞬间，它们被摄影师们以敏锐的洞察力一一捕捉，赋予了不朽的生命力。

日常的细节，是时间的碎片，也是心灵的触媒。日常事物被赋予了超越物质的意义，成为了连接过去与未来、个体与世界的桥梁。正是这些微不足道的瞬间，构成了我们内心最真实的写照。

赵堂主说，她是爱美的人，喜欢一切美好事物，如生活的景象、物件和美食，她沉迷其中，不能自拔。美食和日常生活中一切美的事物，都是不亚于艺术品的存在。而它们与我们生活如此紧密，用它们的方式滋养着我们。

在这个快节奏、高信息量的时代，我们往往被宏大的目标与理想所牵引，但也许正是日常的细节、藏匿于日常缝隙中的微小瞬间，让我们得以用心感受每个当下，在凝视中重新发现生活的深意，热爱这个既复杂又简单的世界。

○ 苹果和水果刀构成了紧张感，让人想到充满隐喻的"白雪公主的苹果"。

○ 新荣记，猴子木雕栩栩如生，仿佛齐天大圣。文化
  在生活的每个角落。

○ 一束花静静绽放，玻璃杯映射出的光影的摇曳，
古典而优雅。

生活的纬度 *Dimension of life*

○ 宁静之中，灯的光芒照亮黑暗，展演着
　夜晚的深邃。

生活的纬度 *Dimension of life*

# 光与影

周晓佳
Gyoka.Syu

—

方小萍
Susan

摄影不仅仅是记录现实的工具，更是探索光与影之间微妙关系的艺术媒介。

光是摄影的灵魂，在摄影师的镜头下，光线被赋予了无限的可能与生命力。它拂过物体的表面，勾勒出细腻的纹理与轮廓，揭示了世界的本质。

影，则是光的另一面，它以神秘莫测的特性，与光共同编织出富有深度的画面。在光影的交错中，展现着存在与虚无、真实与幻象之间的微妙关系。摄影师们在乎光影，是因为她们深知光影的力量。她们追逐着那些稍纵即逝的光影瞬间，当一抹奇妙的光影出现，心便为之触动。

周晓佳在涉谷的十字路口，就被穿梭来往的行人编织出的光影图案打动：或是凝固的音符，或是未来的冒险，理想和现实的交融，就好像光影的明暗，有澎湃新生，有海市蜃楼，巨大的人群好像一面折射镜，让万物生机跃动，光影似乎有了生命的瞬间。正因有了这些瞬间，方小萍觉得，摄影是一种幸福的体验。她不仅用自己的眼睛，更用心灵，去看见不一样的景色。旷野的、雾中的、水里的，真实又虚幻。

她们记录下如梦似幻的画面。

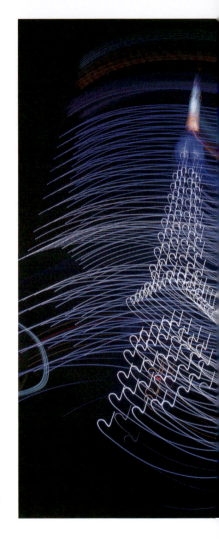

○ 夜色中的东京塔,仿佛被光影赋
　予生命,化作一道道灵动的线条。

○ 霓虹灯下的街头，迷离、多彩，像是梦幻的剪影。

阔晓佳｜Gyoka.Syu　摄

生活的纬度 *Dimension of life*

○ 光影之中，行者是夜的诗人，用心灵感受着城市的跳动。

生活的纬度 *Dimension of life*

○ 在中国新疆慕士塔格冰川和瑞士阿尔卑斯山马特洪峰。为雄伟景象所震撼，泪流满面。

生活的纬度 *Dimension of life*

方小萍 | Susan　摄

# 城市生活

周晓佳

Gyoka.Syu

她们生活在城市里。城市，是生活最为集中的舞台。这里，高楼大厦与狭窄巷弄并存，车水马龙与静谧街角交织。在这片充满故事的土地上，行走每一步，都似乎踏在历史的尘埃上。

周晓佳是在上海这座繁华都市中成长的 80 后艺术家，在她的眼中，这座城市承载着无数细腻情感与温馨记忆的摇篮。小时候，她蹒跚在街头巷尾，那些看似平凡的日常，成了珍贵的记忆。自行车铃声叮叮当当，飞驰过熟悉的弄堂。弄堂口，井水清冽，夏日里冰镇的西瓜成了我们最解暑的甜蜜。每当夕阳西下，父母下班归来，保温桶里那份冰凉的刨冰，是家的味道……

童年的记忆随风飘荡，城市里有属于许多人的独特记忆。摄影师们在在城市的脉络中，找寻那些回不去的温馨时光，将这些记忆碎片重新拼接，让它们在画布上得以重生。

生活的纬度 Dimension of life

晓佳 | Gyoka.Syu 摄

生活的纬度 *Dimension of life*

生活的纬度 *Dimension of life*

生活的纬度 *Dimension of life*

生活的纬度 *Dimension of life*

○ 一个孩子静静地站立，像是在聆听墙与树、光与影之间的对话。

# 在别处

周晓佳
Gyoka.Syu

—

方小萍
Susan

在别处，不仅仅指向地理空间上的远行与迁徙，也是对未知世界的渴望。

人类天生就是探索者，我们总是对未知的世界充满好奇，渴望走出熟悉的环境，去体验不同的文化、遇见不同的人。我们跟随摄影师们的镜头和脚步，领略不同城市的独特韵味。

周晓佳在东京，感受到了与上海截然不同的生活节奏与文化氛围。穿梭于涩谷的霓虹灯海之中，她深深地被这座城市的年轻与活力所吸引，潮流与个性在这里交织碰撞。而在浪漫肆意流动的巴黎，过去和现在融合得如此巧妙，所见之处皆是风情。巴黎，是一场永不落幕的艺术盛宴。

方小萍则更像是一位城市的观察者，用她的镜头捕捉着每一个城市独有的韵味。在希腊的街头，她感受奔放的热情与自由的气息；在上海外滩，见证时尚与自信的交融；而在瑞士的小镇里，发现悠闲与宁静的真谛。她在不同的城市，用镜头捕捉属于它们的美好记录。

○ 黑白影像下，凯旋门与卢浮宫诉说着巴黎的往昔、优雅与永恒。

晓佳 | Gyoka.Syu　摄

生活的纬度　*Dimension of life*

生活的纬度  *Dimension of life*

生活的纬度 *Dimension of life*

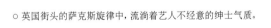

○ 英国街头的萨克斯旋律中，流淌着艺人不经意的绅士气质。

# 信 仰

赵 辉

Monica

信仰二字，重若泰山，赋予生命以不朽的意义。寺庙的庄严静谧，僧侣的虔诚身影，以及那些心怀信仰的人们……当我们望向他们，见到的是对真善美的追求，对生命意义的探索，以及对宇宙奥秘的无限遐想。

赵辉 (赵堂主) 在拍摄这些照片时，她总是在想，信仰究竟是什么？是那把香炉摸到铮亮无比的手，还是庙堂里熊熊燃烧的香火，抑或是人们眼中的佛祖？

她试图追问信仰的本质。信仰不仅仅是外在的仪式，更是内心深处的力量，它让我们在纷扰的尘世中找到方向，终于，不失勇气与希望。

不妨静静观看这些关于信仰的相片，感受那份来自心底的震撼与感动。

○ 历经岁月侵蚀，依旧庄严神圣，面容慈祥，洞察世间烦恼。

○ 信仰不仅是遥望不可及的神明。时而,它是一次触摸的开始,是触摸后,安宁在心底升起

生活的纬度 *Dimension of life*

○ 水面倒影里，建筑物若隐若现，真实世界被一层神秘的面纱笼罩。

# 笑 容

方小萍
Susan

笑容，是最纯粹动人的情感表达。在充满挑战的时代之中，种种压力如巨石压在人们的心头，但正是在此时，笑容成为了穿透压抑的光芒。人们内心深处，对美好生活的向往与追求从未熄灭过。

方小萍喜欢来自世界各地的笑脸。行走各方，遇见的微笑最能触动她的心灵。不同的国籍、不同的语言，但这每张微笑的脸都传递着快乐、淳朴、幸福、善意，让人为之动容。

也许，笑容就是人间最美好的语言。在她们的作品里，我们可以看到来自世界各地的笑脸：有孩童纯真的欢笑，如同清晨的露珠般晶莹剔透；有老人慈祥的微笑，饱含着岁月的智慧与从容；还有那些陌生人之间因一次偶然的相遇而绽放的温暖笑容。

是这些笑容，跨越了地域、文化、语言的界限，将我们紧紧相连，共同构建了一个充满爱与温暖的世界。

○ 土耳其的美丽姑娘，以一抹动人而友好的微笑，迎接了我的镜头。

○ 云南的一群孩子，纯真、烂漫，在他们的笑容中，
  一切都被温柔地融化。

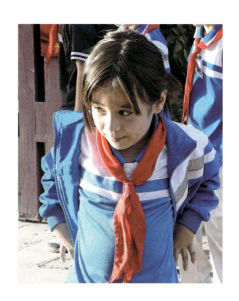

方小萍 | Susan　摄

生活的纬度　*Dimension of life*

# 看见生机

赵　辉
Monica

—

方小萍
Susan

—

周晓佳
Gyoka.Syu

我们的生活，是多维度的。赵堂主说，我们从各个维度中获得令自己满意的感受：有悲、有喜、有愤怒、有沮丧……这一切，她定格在图片里，希望观看的人能感受到她当时的感受，与她一起生活。

方小萍与相机相伴已三十余载，她的摄影之路从职业需求起步，却逐渐演变成了一种生活方式。她用镜头记录下了家庭的温馨、孩子的成长、友情的珍贵以及旅途中的风景如画。总之，摄影让她能够记录遇见的一切美好。三位艺术家以各自独特的方式，诠释了生活的复杂性与多样性。

正是在三位艺术家的镜头下，我们得以穿梭于生活的多维空间，感受那些隐藏在平凡日常中的生机。镜头之下，那些稍纵即逝的美好瞬间，激发着每一颗敏感而坚韧的心，它们是共鸣的邀请，召唤生机勃勃，和永恒的希望。

生活的纬度 *Dimension of life*

○ 上海的街头，时尚与自信交融，塑造出城市的独特魅力。

生活的纬度 *Dimension of life*

○ 土耳其与希腊的街道，浪漫而欢乐，热闹中洋溢着青春的活力。

生活的纬度 *Dimension of life*

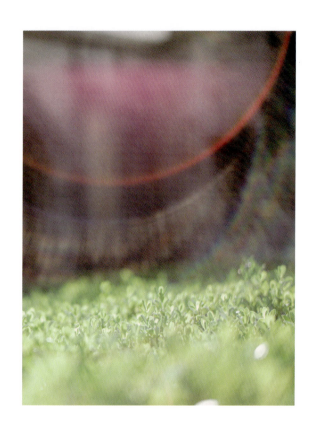

周晓佳 | Gyoka.Syu 摄

○ 上海，在经典的外滩视角下。城市熠熠生辉，记录着我们的故事。

# 作者简介

### 赵　辉 | Monica

赵辉（赵堂主），上海人。摄影爱好者，文化品牌"游于城外"创始人，大夏书店名士居版本书店主理人。亦爱好美食、收藏、插画、盆景等。在艺术实践中探索中华传统美学的当代表达，以摄影创作分享她所热爱的生活。

### 方小萍 | Susan

1958 年生于上海。上海科普作家协会第八、九、十届理事，第十一届监事；上海市艺术摄影协会文旅分会会员。2008 年创立文化传播公司，致力于文化项目、影视制作和大型活动策划运维。在担任上海电视台纪实频道《科技密码》栏目制片人期间，策划制作的科普宣传片《上海世博会与科技创新系列片》《公共安全科普宣传系列片》《我们需要化学系列片》，分别获上海科技进步三等奖，上海科技教育二、三等奖。工作之余，乐于游历山水，亲近自然。用镜头捕捉美好，记载日常，已成为生活的一部分。

周晓佳｜Gyoka.Syu

80 后，出生于上海。2007 年在上海创办设计公司，在广州、武汉、香港、东京等城市设有分公司。十多年深植餐饮、时尚、新零售、互动娱乐等业态领域，深度探索生活方式和商业模式。近年来公司设计作品屡获全球奖项，并在 2024 年登上日本 KuKan 设计空间年鉴。摄影不仅是爱好，亦是自我探索的方式，力求以摄影跨越语言和文化的界限，让不同背景的观众从中产生共鸣。

人间随读·第Ⅰ间——生活的纬度（全五册）

《我的老师》          | 辛德勇    著
《过往不全是历史》      | 古 冈    著
《维德插图柔巴依集》    | 〔波斯〕欧玛尔·海亚姆        原著
                        〔 英 〕爱德华·菲茨杰拉德      英译
                        〔 美 〕伊莱休·维德            插图
                                    钟 锦  汪 莹      译
《我瞻室读书记》      | 钟 锦    著
《生活的纬度》        | 赵 辉 方小萍 周晓佳        著

**图书在版编目（CIP）数据**

人间随读. 第I间，生活的纬度 / 辛德勇等著.
上海：上海文化出版社，2025. 8. -- ISBN 978-7-5535-
3254-7

Ⅰ. I217.1

中国国家版本馆 CIP 数据核字第 2025U948V6 号


出　版　人：姜逸青
责任编辑：郑　梅　　汤正宇
总　策　划：赵　辉
策　　　划：赵心琦
装帧设计：徐　欣
书法题签：李　欣
统　　　筹：坤叁文化传媒有限公司


书　　名：人间随读·第I间——生活的纬度（全五册）
作　　者：辛德勇等
出　　版：上海世纪集团　上海文化出版社
地　　址：上海市闵行区号景路 159 弄 A 座 3 楼　201101
发　　行：上海文艺出版社发行中心
地　　址：上海市闵行区号景路 159 弄 A 座 2 楼　201101
印　　刷：上海中唱印刷有限公司
开　　本：787mm×1092mm　1/32
印　　张：25
版　　次：2025 年 8 月第 1 版　2025 年 8 月第 1 次印刷
书　　号：ISBN 978-7-5535-3254-7/I.1268
定　　价：198.00 元